3 Avril 1882

V

VENTE
POUR CAUSE DE DÉPART

HOTEL DROUOT, SALLE N° 9

Les Lundi 3 et Mardi 4 Avril 1882, à 2 heures

JOLIE COLLECTION

DE

TABLEAUX MODERNES

DIAMANTS, BEAUX BIJOUX

MEUBLES ANCIENS ET DE STYLE

Tapisseries, Étoffes, Objets de curiosité

ARGENTERIE ARTISTIQUE ET D'USAGE

EXPOSITION PUBLIQUE

Le Dimanche 2 Avril 1882, de une heure et demie à cinq heures.

M* G. BOULLAND | **M. A. BLOCHE**

COMMIS^{re}-PRISEUR | EXPERT

rue des Petits-Champs, 26 | rue Laffitte, 44

PARIS — 1882

Vᵉ RENOU, MAULDE et COCK

IMPRIMEURS DE LA COMPAGNIE DES COMMISSAIRES-PRISEURS

Rue de Rivoli, 144

CATALOGUE

D'UNE JOLIE COLLECTION

DE

TABLEAUX MODERNES

DESSINS, TABLEAUX ANCIENS

BELLE ARGENTERIE ARTISTIQUE ET D'USAGE

BIJOUX, DIAMANTS, BEAU COLLIER

Pipes en écume de mer et ambre sculptées
Armes, Cannes de fantaisie

MEUBLES ANCIENS ET DE STYLE

BRONZES

TAPISSERIES DES FLANDRES, ÉTOFFES BRODÉES

Dont la vente aura lieu

POUR CAUSE DE DÉPART

HOTEL DROUOT, SALLE N° 9

Les Lundi 3 et Mardi 4 Avril 1882

A DEUX HEURES

Mᵉ G. BOULLAND	**M. A. BLOCHE**
COMMISᵗᵉ-PRISEUR	EXPERT
rue des Petits-Champs, nᵒ 26	rue Laffitte, nᵒ 44

EXPOSITION PUBLIQUE

Le Dimanche 2 Avril 1882, de une heure et demie à cinq heures.

PARIS — 1882

CONDITIONS DE LA VENTE

La Vente se fera au comptant.

Les Acquéreurs paieront CINQ POUR CENT, en sus des enchères, applicables aux frais.

Aucune réclamation ne sera admise une fois l'adjudication prononcée.

TABLEAUX, DESSINS

ASSELINOU

1 — Le Tronc pour les pauvres.

BARON

2 — La Balançoire.

BAUGNIES

3 — Un Bain de femmes en Orient.

BERNIER

4 — Sous-Bois.

Une paysanne assise à l'ombre surveille une vache.

BRIDGMANN

5 — Les Baigneuses.

Charmante composition.

BREUGHEL (Attribué à)

6 — Kermesse.

DELAMAIN

7 — Cavaliers arabes.

DEMARNE

8 — Troupeau conduit à l'abreuvoir.

Dessin.

DREUX-DORCY

9 — Jeune fille.

Représentée en buste, les épaules nues.

Provient de la succession Maulaz.

DUPRAY

10 — La Revue.

Le Maréchal de Mac-Mahon, entouré de son état-major, préside au défilé; au fond les escadrons de cuirassiers qui s'ébranlent.

Tableau de la meilleure manière de l'artiste.

FRANÇAIS

11 — Bord de rivière avec pêcheur à la ligne (Effet de soleil couchant).

GUDIN

12 — Pleine mer.

Touche fine et délicate.

JOB

13 — Poules.

REYMEULEN

14 — La Mare.

KIRCHENMAYER

15 — La Confession.

LAMBINET

16 — La Maison de l'artiste au bord de la Seine.

Joli paysage.

LARGILIÈRE (Attribué à)

17 — Sainte en extase.

MICHEL-ANGE DES BATAILLES

18 — Nature morte.

PLASSAN

19 — La Lettre.

OEuvre charmante.

RIGON

20 — Paysage.

SIÉCHART DE DREST

21 — Le Ver luisant.

Gracieuse composition allégorique.

SIEURAC

22 — Scène d'intérieur.

SNYDERS

23 — Chasse au lion.

THÉNARD

24 — Le Coq et la Poule.

THÉNARD

25 — Les Laveuses.

TCHOUMAKOFF

26 — Tête de jeune femme.

27 — Jeune Femme blonde.

VALETTE

28 — Rochers et Cascades.

WEISZ

29 — Jeune Femme en contemplation devant la statue
de Phryné.

VERGEZ

30 — Les Pêcheuses de crevettes.

VIBERT

31 — Soldat à sa toilette.

    Dessin à la plume d'une grande finesse.

VIGNI

32 — Nature morte.

ARGENTERIE

33 — Paire de beaux Candélabres en argent ciselé, ornés de fleurs, de fruits et de coquillages.

34 — Corbeille à biscuits en argent, avec anses, élevée sur quatre pieds.

35 — Broc à bière, formé par un ours se tenant debout.

36 — Porte-Allumettes en argent, représentant un chien assis; d'un côté un broc à allumettes et, de l'autre, un bougeoir.

37 — Moutardier représentant un polichinelle assis.

38 — Salière et Poivrier en argent, représentant un porte-faix traînant une brouette, sur laquelle sont chargés les ustensiles pour le sel et le poivre.

39 — Deux Niches à chien en argent, servant de porte-allumettes.

40 — Deux Cuillères en argent, dont une à sucre et l'autre à crème.

41 — Quatre Brochettes à rognon en argent.

42 — Vingt-quatre Couverts de table en argent.

43 — Vingt-quatre Couverts d'entremets en argent.

44 — Vingt-quatre Couteaux d'entremets, avec manches en argent.

45 — Vingt-quatre Couteaux de table avec manches en argent.

46 — Douze Couverts et douze Couteaux en vermeil, manches en jaspe avec lames en vermeil. Travail artistique.

47 — Louche en argent, intérieur vermeil.

48 — Deux Cuillères à ragoût en argent.

49 — Deux Truelles à poisson tout en argent.

50 — Douze Fourchettes à huîtres.

51 — Douze petites Salières en argent, intérieur en vermeil.

52 — Deux Bras à bougies, forme à développements en argent.

53 — Six Cuillères artistiques en argent.

54 — Douze Cuillères à thé artistiques en argent.

55 — Cinq Couteaux artistiques, avec lames en argent.

56 — Deux Couteaux à fromage en argent.

57 — Un Couteau avec manche en argent.

58 — Jeu de six Gobelets en argent dans un étui de voyage.

59 — Service de voyage en argent, composé de : un grand Gobelet, deux petits Coquetiers, une Salière et un Poivrier, une Cuillère double pour œuf et sel, deux Couteaux, deux Fourchettes et une Cuillère, avec manches en ivoire; le tout renfermé dans un écrin.

60 — Grand Couteau et petit Couteau en ivoire, à plusieurs lames.

61 — Légumier en argent, époque Louis XV. vieux
Paris.

62 — Quatre Réchauds ovales et six Réchauds ronds,
avec couvercles.

BIJOUX, DIAMANTS, OBJETS DE VITRINE

63 — Très beau Collier, composé de 29 maillons carrés
pavés de brillants. Poids 108 carats environ.

64 — Beau Bracelet en or mat. enrichi de onze turquoises, vingt-deux brillants pendeloques et de
vingt-deux rubis.

65 — Beau Cache-Peigne représentant, sur un fond
d'ornements à jouer en brillants et roses, trois
rosaces composées chacune de cinq turquoises
entourées de brillants.

66 — Jolie Broche, forme rosace, composée au centre
d'un brillant et de cinq feuilles en turquoises
entourées de brillants.

67 — Très jolie Châtelaine avec montre, toute pavée
de turquoises, brillants et roses.

68 — Paire de Boucles d'oreilles, gros brillants solitaires.

69 — Porte-Bonheur en brillants.

70 — Porte-Bonheur en saphirs et brillants.

71 — Paire de Boucles d'oreilles, perles entourées de
brillants.

72 — Rivière en brillants.

73 — Pendentif en saphir et brillants.

74 — Broche en brillants.

75 — Bague marquise en brillants.

76 — Bague perle, entourage en brillants.

77 — Plusieurs Bijoux de fantaisie (Sera divisé .

78 — Paire de jolies Boutons d'oreilles en brillants
solitaires.

79 — Rivière composée de cent brillants, monture en
or.

80 — Montre en or Louis XIV.

81 — Montre en or Louis XVI.

82 — Montre Louis XVI, enrichie de jargons.

83 — Montre Louis XVI, ornée d'un émail sur le
boîtier

84 — Montre en or guilloché.

85 — Quatre grosses Montres en cuivre.

86 — Montre en or avec chiffre, époque Louis XV.

87 — Deux Montres en argent Louis XIV.

88 — Montre en argent, avec double boîtier clouté d'argent.

89 — Montre en argent avec émail.

90-93 — Quatre Miniatures, sujets divers.

94 — Quatre Mosaïques.

95 — Parure orientale en argent.

96 — Service avec manches filigranés, dans sa gaîne.

97-98 — Deux Éventails anciens.

99 — Boîtier de montre, orné d'un émail représentant Suzanne au bain.

100 — Émail, genre de Limoges (Portrait de femme).

101 — Deux Tasses avec Soucoupes en porcelaine de Sèvres.

102 — Plusieurs Chapelets.

103-109 — Bracelets, Croix, Reliquaires, Colliers et Boucles en filigrane (Sera divisé).

110-114 — Plusieurs Bijoux de fantaisie.

115 — Lot de Bijoux anciens (Sera divisé).

116 — Paire de Boucles d'oreilles en or, forme noisettes.

117 — Épingle de bonnet en filigrane.

118 — Paire de Pendants d'oreilles, émail et turquoises.

119 — Croix en turquoises et perles.

120-124 — Plusieurs Bagues de fantaisie.

124-128 — Plusieurs Garnitures de boutons de chemises (Sera divisé).

129 — Trois parties de Rubis cabochons.

130 — Collier de perles, avec fermoir en brillants et perles.

131 — Face-à-Main en or, avec chaîne émaillée.

132 — Trois paires de Boucles anciennes en strass et argent.

133 — Quatre Pierres gravées, intailles avec cercles en or ciselé et gravé, montées sur un encadrement en velours noir.

134 — Garniture de Boutons anciens en argent.

135 — Montre en or ciselé et de couleur sur fond d'argent, époque Louis XV.

136 — Étui en or, de l'époque Louis XV.

137 — Beau Timbre en argent massif représentant le armes de Russie, parties en or et en émail enrichies de pierres fines, socle en malachite.

138 — Beau Camée ancien sur sardoine, marque antique.

139 — Trois lots de Rubis cabochons.

140 — Éventail en ivoire avec parties dorées et travaillées à jour, la feuille en soie peinte, époque Louis XVI.

141 — Manche d'ombrelle en ivoire, orné d'une figure
chinoise.

142 — Monture d'ombrelle en écaille, le bout du manche
est orné d'un lapis, monture en or.

143 — Jeu d'Échecs en ivoire. Travail chinois.

144 — Bracelet en corail, monture en or. Travail italien.

145 — Montre en argent à double boîtier, époque
Louis XVI, à double fond, le fond intérieur
émaillé.

146 — Châtelaine et Montre en bois noir, avec chiffre
et ornements en argent.

147 — Deux Lanternes de voyage.

148 — Sac-Nécessaire de voyage avec ses ustensiles.

149 — Surtout-de-Table en plaqué et bords en argent,
composé de quatre pièces.

ARMES

150 — Epée Louis XIII, avec garde à coquilles.

151 — Pistolet Louis XIV, avec garniture en argent.

152 — Deux Pistolets à pierre Louis XIV.

153 — Deux Pistolets d'arçon, batteries à pierre.

154 — Arquebuse à pierre.

155 — Deux Etriers en fer découpé.

PIPES

156 — Belle Pipe formée par une tête de tirailleur algé-
rien, avec bout en ambre sculptée, provenant
de l'Exposition universelle de 1867.

157 — Pipe en écume de mer, monture en argent doré,
avec bout et couvercle en ambre.

158 — Pipe droite en écume de mer, avec bout en
ambre.

159 — Pipe à cigare en écume de mer, représentant un
jockey à cheval, avec bout en ambre.

160 — Pipe à cigare en écume de mer, représentant Léda
sculptée en ronde bosse, avec bout en ambre
claire.

161 — Pipe à cigarette en écume de mer, représentant
une tête de négresse, avec bout en ambre
courbé.

162 — Pipe à cigare forme nœud, avec bout en ambre
droit.

163 — Pipe à cigare en ambre sculpté en ronde bosse,
représentant une sirène et bout en ambre
courbé.

164 — Pipe à cigare en écume de mer sculpté en ronde
bosse, représentant Gérard luttant avec une
lionne, bout en ambre droit.

165 — Pipe à cigare en écume de mer, représentant un groupe de deux figures sculpté en ronde bosse, avec bout en ambre courbé.

166 — Pipe à cigarette en écume de mer, représentant un petit Amour sculpté en ronde bosse, bout en ambre droit.

167 — Pipe à cigare en écume de mer, représentant une tortue, bout en ambre droit.

168 — Pipe à cigare, représentant un hanneton, bout en ambre droit.

169 — Pipe à cigarette en écume de mer, avec hanneton et bout en ambre courbé.

170 — Pipe à cigarette en ambre droit, surmontée d'un chevalier en métal.

171 — Bout de chibouc en filigrane d'argent et en ambre.

172 — Lot de dix Pièces pour cigarettes en écume et ambre.

CANNES

173 — Collection de Cannes de différents genres.

OBJETS D'AMEUBLEMENT

174 -- Belle Bibliothèque vitrée à croisillons en bois
sculpté, à colonnes détachées, style Renaissance.

175 — Table en bois sculpté, style Renaissance.

176 — Deux beaux Fauteuils en bois, richement sculptés,
couverts en velours brodé, style Renaissance.

177 — Deux Chaises, style Renaissance, couvertes en
velours de Gênes.

178 — Six Chaises en tapisserie au point, style Louis
XIII.

179 — Ameublement de salon en bois, réchampi de
blanc et rehaussé d'or, couvert en étoffe de
Chine fond rouge, composé de deux Chaises,
quatre Fauteuils et une Bergère.

180 — Bibliothèque en bois noir, ornée de filets de cuivre
et de bronze, style Louis XIV.

181 — Vitrine en acajou à colonnes cannelées, époque
Louis XVI.

182 — Secrétaire en acajou, orné de cuivre, dessus en
marbre, époque Louis XVI.

183 — Deux Meubles d'encoignure en bois rose et marqueterie, ornés de bronze, style **Louis XVI**.

184 — Petit Chiffonnier en bois rose, orné de bronze, style Louis XV.

185 — Bonheur-du-Jour en bois rose, orné de bronze, style Louis XVI.

186 — Étagère d'encoignure, formant vitrine, en palissandre, ornée de filets et d'incrustations de cuivre.

187 — Petite Vitrine à deux corps en bois rose, ornée de bronze, style Louis XVI.

188 — Bureau de dame en bois noir, orné de cuivre.

189 — Deux Étagères en bois rose, style Louis XVI.

190 — Table en bois rose, ornée de bronze.

191 — Statuette (Vénus accroupie) en bronze, époque Louis XIV.

192 — Deux Bustes d'enfants en bronze, Louis XIV, avec socles en porphyre, ornés de bronze.

193 — Table en chêne à croisillons, avec pieds cannelés et sculptés.

194 — Table en noyer à six pieds, forme colonne torse.

195 — Berceau d'enfant en noyer, époque Louis XIII.

196 — Deux Portes d'armoire en chêne sculpté, Louis XIV.

197 — Table en chêne sculpté, Louis XIV.

198 — Table avec dessus en marqueterie, Louis XV.

199 — Deux Coupes en bronze.

200 — Buste de l'impératrice Eugénie, en faïence, grandeur nature.

201 — Plat en faïence, décoré d'inscriptions hébraïques,

202 — Canette en faïence d'Avignon.

203 — Plat en faïence.

204 — Trois Cartons de Dessins et de Gravures.

TAPISSERIES, ÉTOFFES

205 — Deux très belles Portières en satin rouge richement brodé de dragons et de chimères en or et soie multicolore. Travail chinois.

206 — Très beau Bandeau en satin rouge de Chine, richement brodé de chimères et d'ornements.

207 — Garniture de canapé en tapisserie au point, représentant des fleurs et des rinceaux.

208 — Cinq Gilets en satin blanc brodé, époque Louis XVI.

209 — Tapisserie de Flandre représentant une scène de festin, bordures à fleurs, xviie siècle.

210 — Tapisserie de Bruxelles représentant une reine recevant un roi et sa suite; brodure à attributs, xviiᵉ siècle.

211 — Tapisserie de Bruxelles représentant une reine dans son palais incendié; bordure à médaillons.

212 — Portière en tapisserie à figures; bordure à fleurs.

213 — Deux Bandes en tapisserie à médaillons.

214 — Tapis d'Aubusson pour salon, fond blanc à fleurs

215 — Objets non catalogués.

Vᵒ Renou, Maulde et Cock, imprs de la Compagnie des Commissaires Priseurs, _u. de Rivoli, 144.   26999